한때 꽃이었으면 된다

한때 꽃이었으면 된다

발행일	2017년 5월 26일

지은이	木友 노 성 배		
펴낸이	손 형 국		
펴낸곳	(주)북랩		
편집인	선일영	편집	이종무, 권혁신, 송재병, 최예은
디자인	이현수, 이정아, 김민하, 한수희	제작	박기성, 황동현, 구성우
마케팅	김회란, 박진관		
출판등록	2004. 12. 1(제2012-000051호)		
주소	서울시 금천구 가산디지털 1로 168, 우림라이온스밸리 B동 B113, 114호		
홈페이지	www.book.co.kr		
전화번호	(02)2026-5777	팩스	(02)2026-5747

ISBN	979-11-5987-583-0 03810(종이책) 979-11-5987-584-7 05810(전자책)

(주)북랩 성공출판의 파트너

북랩 홈페이지와 패밀리 사이트에서 다양한 출판 솔루션을 만나 보세요!

홈페이지 book.co.kr   자가출판 플랫폼 해피소드 happisode.com
블로그 blog.naver.com/essaybook   원고모집 book@book.co.kr

한때 꽃이었으면 된다

노성배 시집

달력을 넘깁니다

북랩 book Lab

일기가 시가 되어

나만의 정원에는 일상처럼 물을 뿌리듯
시간을 꿰는 일기가 있었다.
사는 것이 별것도 아닌데
다시 들춰 세상의 이유 되도록
신파조 빼고, 기름기 빼고, 군살 빼고
시집을 낸다.
어느 뒷골목 허름한 서점 한 켠에서 누군가의
손에 우연히 펼쳐진 나의 시집을 상상한다.
시 한 줄에 꽃 한 송이가 되고
행복을 길어 올리는 두레박이 되어
같이 사는 이 세상 서로 위로하고
위로받고 살고 싶다.

차례

차례

제3부 달력을 넘깁니다

제4부 사진 한 장 - 노래 가사

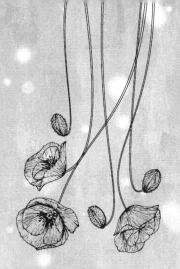

제1부

한때 꽃이었으면 된다

보름달

우리 둘은 머나먼 사이지만
서로 볼 수는 있습니다.

우리 둘은 그리워하긴 해도
손끝에 닿을 일은 없습니다.

우리 둘은 눈앞에 보이지 않을 때도
때가 되면 올 것을 믿었습니다.

사연인들 좀 늦더라도
기어코 어둠을 밝혀 옵니다.

둘은 약속한 적 없어도
문틈을 비집고 파란 그림자로 옵니다.

좋다

꽃이야 필 때도 좋지만
질 때도 좋다.

봄이야 올 때도 좋지만
갈 때도 좋다.

눈비도 내릴 때도 좋지만
멈출 때도 좋다.

팽팽한 얼굴
미끄러질 때도 좋지만
인생 만곡 굽이굽이 늘어나는
주름도 좋다.

철없던
어린 시절도 좋지만
만물이 발 아래로 보이는
지금도 좋다.

소주 한 잔 눈물 한 방울
짜릿한 목줄 따라
설움도 웃음으로
받아 넘길 줄 아는
동창도 좋다.

손바닥 미장원을 열었습니다

노는 유전인자 없이 태어난 것이 죄지
놀고 싶어도 노는 법을 알지 못합니다.
그나마 매운 손끝 재주 하나 물려받았으니
노는 것이 일하는 것이고 일하는 것이
놀 듯하여 손바닥만 한 미장원을 열었습니다.

사업계획서 한번 써 본 적도 없이
짬도 맞지 않은 기계 집기 들여 놓고
5평짜리 재래시장에 미장원을 열었습니다.

혼자 감당해야 할 일들 중 가장 힘든 일은
안 될 거라는 사람들의 영혼 없는 충언
손님 없으면 놀이터 삼아 이바구하면 될 일
많이 넘어졌으니 일어서는 법도 알 것 같습니다.

아직 아름다움의 끈을 놓지 않고 사는 사람들
한결 같이 하는 말 "잘 해주세요!"
여태까지 잘하려고 몸부림치며 살았어도

"잘 해주세요!"라는 말을 이해하지 못합니다.

손님의 한길 마음을 알지 못합니다.

그냥 웃어주고 "그럼요! 당연하지!"

모두들 잘한다고들 하고 문을 나섭니다.

모두 숨겨 둔 이야기 하나쯤은 털어놓습니다.

우리의 비밀의 정원이 되었습니다.

모두 이웃이 되었습니다.

별 밭

땅을 보고 사는 사람들
곡식을 일구는 사람들
마당에 등을 대고
은하수 밭고랑 따라
밤에도 별꽃을 일군다.

새벽으로 달리는 천마를 타고
별 밭을 일구어 간다.
초저녁보다 더 파랗게 오르는 생명
기억하는 모든 것을 쏟아내어
밤새 쟁기질 돕고 희미해지는 낮달.

한때 꽃이었으면 된다

끝도 없이 밀려오는 거친 강물을 거슬러
바닥이 훤히 들여다보이는 실개천까지
수고로운 삶, 눈물 끝에 절로 이는 설운 응시
죄다 접기로 했다.
한때 꽃이었으면 된다.

장삿길 빈 걸음으로 되돌아오는 새벽
목숨 끈 하나 잡고 토하듯
토방 끝에 짐을 부리던 소리만큼
굵게 억세어지던
한때 꽃이었을 울 엄마

뿌옇게 지워가는 신작로 흙먼지 사이로
손짓하듯 멀어져가는 여윈 전봇대
사춘기 시작도 전에 낯선 주소 하나 들고
객지로 떠난 순박한 가난
바람 없는 댓잎은 은유를 잃은 시인이듯
이름 없는 꽃은 있어도

사연 없는 꽃이 어디 있으랴
세월만큼 더해가는 그리운 절망
한때 꽃이었으면 된다.

수줍게 총총대던 물 깃던 계집아이들
지금은 볼 수 없는 희미해진 망막 뒤로
너나 나나 아리랑 고개 흥겹게 넘던
접시꽃 너울너울 희게 핀 꽃잎처럼
한때 꽃이었으면 된다.

다시 보리밥

바다 같이 일렁이는 왕대밭
족제비길 대 숲길 따라
한가운데 초가집 하나
댓잎 바람을 탄
밤기운 소리 음산하고
묵직하게 울어대는 부엉이 소리
이불 덮어쓰고 귀를 막는다.

시렁에 매단 소쿠리 보리밥
허기진 배에 찬물에 보리밥.

밥 대신 쪄 놓은 고구마
헤진 것들 뒤적여
눈물처럼 먹었던 배고프던 시절.

기름진 도시
기름진 아랫배
별미 찾아 앉은 밥상
보리밥에 된장찌개라.

거울 속에서

듣기 좋은 말로
귀엽다고들 하지.
굴곡 무딘 둥글 납작
영락없는 호박이지.

말하기 좋은 말로
아담하다고들 하지.
더도 말고 5cm만 더 컸으면
5도 달라졌을 나의 좌표?

거울을 돌린다.
다시 내가 보인다.
내가 고맙다.

주름

친구가 보톡스를 넣었다.
예뻐졌다.
주사 바늘의 날카로움이
뇌를 스친다.

눈가 주름은 좋아서 웃다가
생긴 주름이요.

이마의 주름은 고약한 서방님 따라 살다
그려진 것이요.

입가의 주름은 자식들 키우느라
자리 잡은 것이라.

세월 붓이 그려 낸
기억의 길 그대로
끝까지 아름답고 싶다.

첫눈이 오면

내 고향 신포리 박포
양동이 물이고
대나무길 돌아오는데
흰눈개비 하나 코끝에 앉는다.

그때 바삐 지나는 석호 녀석
눈이 마주치고
부끄러워 고개를 돌릴 틈도 없이
바람 타고 흩어지는 첫눈

아비의 폭력과 가난이
일상이었던 그 녀석 석호
희멀건 하늘에 불현듯 나타나는 첫눈처럼
버릇처럼 찾아오는
첫사랑.

학처럼 날고 싶다

사람은 세월만큼 머리가 회어지고
삶의 무게를 조금씩 덜어낼 때
그래서 조금 허무할 때
아름답다.

젊은 날 지우고 싶은 인연도
내가 나에게 준 잘잘못도
내게 탓하여 용서되니
아름답다.

깃털 모아 나는 학처럼 빈손 펼치고
비상할 준비할 때
아가의 마음처럼
아름답다.

시인의 말

여기까지 점을 찍어본다.
하늘 아래 홀로 서 있다.
발자국 하나에 글자 하나

행복이니 아픔이니
뭐 지지고 살지 않은 사람 없을 텐데
유난히 선명해지는 기억

그래도 감사할 일을
맨 앞자리에 두는 것을 보면
나는 행복만 끌어안는 지우개

결국 대양 앞에 선 조약돌
거친 바위였을 나의 고집
그곳에 나 말고 굴러 온 영혼들
그대 고독하지 않다.

같이 노래하고 싶다.
같이 소리내고 싶다.
같이 문학하고 싶다.

나 혼자

언제부터인가
그리움마저 지워져 가는
창문 하나인 집에 산다.

간섭이라는 말을 선반 위에 올려두고
가끔 힐끔 쳐다보지만
나로부터 대장인 집

같이 있어도 혼자였고
혼자 있어도 혼자였던
지독한 혼자!

사랑 하나 접으면 될 일을

이제 풀씨로 뿌려져
낮은 창가에 살다가
하늘거림으로 마중 나온
새벽으로 살고 싶다.

봄 그늠

골목 끝 팽나무 집 담장 너머에
늦은 오후 빛줄기
앞세워 오던 그 아이처럼
희미한 연둣빛만 보여주는 너

얼음장 밑으로 내내 묵힌 말
무엇인들 곱지 않겠나.

알 수 없는 지난 꿈들
실로 꿰매어 엮어 두고
뜨거운 낮 볕이 길을 내어 주면
그때 미친 듯이 뿌려 댈
꽃잎으로 올 일이다.

어디로부터 와서 어디에 살다가
어디로 갈 것인지
묻지 않을 일이다.

꽃잎 떨어지면 말도 없이
바삐 떠날 인연이므로

이별 후에

어느 한구석에 혹시라도
한 자락 미련이 남아 있었다면
행복도 한 점 묻어 있었을 당신.

서로 온전하게
쉴 자리 하나 만들지 못했던
고단한 변명 앞에
무심코 앞을 가는
벽시계.

손

내 손
어디에서 많이 본 듯한 손
어머니의 손

거북손처럼
원래 그런 줄 알았던 그 험한 손

철없이 그 쉬운 위로 한 번 하지 못했던
어머니의 손

이제야 닮은 것을 알아차린 나의 손
때늦은 위로를 올립니다.

석양아

노을 진 구름 밭에
애끓는 그리움을 꺼내놓고 흐느끼는데
석양아
시커먼 산 사내에게 파고들면 안 되잖아

어두워야 잘 보이는 별
별 따러 간 사랑꾼들 아직 소식 없는데
해야
하얗게 동이 트면 안 되잖아

시

글자를 풀어서 휘휘 저어보니
유난히 손끝에 잡히는 것들

해 넘길 때마다
바꿔 입는 주머니 속에도
무심코 버린 쓰레기통에도
서둘러 간 어머니 묘비명에도
한사코 파고들던 어두운 침실에도
힘없이 나뒹굴던 글자들

양지바른 곳에 멍석을 깔고
사죄하듯 곱게 말려서
바람 잘 들고 눈에 띄는
처마 끝에 기도하듯 매달아 두네.

그리하여
사나웠던 꿈자리도 잠재우고
전보다 올라간 입꼬리로
새어 나오는 매직

도돌이표 사랑

저 하늘 저 멀리 떠 있는
구름 위에 버렸건만
소낙비로 내려오네.
아직도 못 잊는 사랑이여.

썰물 때 바닷물에 던져서
사라진 줄 알았더니
밀물로 밀려와
다시 차오르는 그리움
아직도 보내지 못한 사랑이여.

세찬 바람 부는 날
탈탈 털어 먼지로 날렸더니
눈으로 소복소복 쌓여
말없이 발목 잡는 미련
아직도 남겨진 사랑이여.

빈집

사람이 있습니다.
원래 두고 싶은 자리에 물건을 놓아두듯
그 자리는 그 사람이 있습니다.

문득 사람이 있다는 것을 잊어버릴 때가 있습니다.
원래 있었던 자리가 당연 익숙하여 그가
보이지 않을 때가 있습니다.

때로는 사랑이라는 꿈과
동행이라는 위로를 갖게 해준 사람입니다.

서 있는 일이 버거운 날
그의 어깨에 기대어
큰 태양을 볼 때도 있었습니다.

태워서 비워지는 촛불처럼
벼랑 끝에서 길을 묻는 절망

그곳에 사람이 있지만
사람이 없습니다.

빈집을 들락거립니다.

걱정이다

주름진 얼굴 검버섯이 밭을 이루고
이 빠진 입술 눌변 할 테고
맨살 들여다보이는 민머리에
백발 몇 가닥

초점이 흐려진 눈동자로
한 곳을 응시할 테고
귀마저 어두워 오면
큰 소리로 말을 해댈 것이다.

근육 없는 팔 다리에 지팡이를
짚을지도 몰라.
뱃심 없어 굽은 허리로
가다 쉬다 하겠지.

바쁜 자식들 오라 가라 하면서
용돈 주네 마네 할지도 모르고
자식 소용없다며
흉이나 보고 있을지 걱정이다.

그것이 걱정이다.

괜찮다

많이 살다 보면
병든 내 앞에서는
나으라고 하고
뒤에서는 살 만큼 살았다고
할지도 모른다.
그 말이 맞다.

나도 그렇게 말 한 적이 있다.

괜찮다.

다시 새로

태어남도 축복이요.
가는 날도 축복인 거야.
사는 동안 풍파 덕에
두 배로 살아온 듯하니
이익을 본 셈이다.

덜컹거린 세월 덕에
조금 더 잘 다듬어졌는지.

이제는 눈 깜빡일 때마다
싫고 미웠던 것들
체에 거르듯 다 빠지고 없으니

허망이 아닌 다시 새로
돌아가는 중이다.

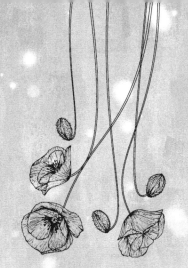

제2부

그때가 오면

첫 만남

첫눈이 폭죽처럼 내린다.
햇빛을 잘게 부수어
설국 언저리 빈산을 타고
보폭 좁은 발걸음으로
어여삐 온다.

지쳐 걸어온 길 따라
희게도 뿌려 질
그래도 남겨 놓은 꿈 사이로
한 발 한 발 가까이 온다.

곧게 자란 자작나무 숲 사이
철 잊은 개똥지빠귀 날며
높고 가늘게 퍼져 오는
부푼 노래로 온다.

너럭바위

벼락 맞아 떨어진 구름이라던가!
누구는 거북 바위
누구는 족두리 바위
누구는 빵 바위란다.

발밑만 보고 걸어온 길
눈 아래 버물러진 허무

누우면 반 평
서면 발만큼만 허락하는
죽은 자의 영토

누군들 사연 하나 없으련만
사패산에 오르내리는 고달픈 육신들
끝도 없이 품어 안는
너럭바위

깜짝이야

푹푹 찌는 오후
사방 문을 열어 놓고
땀 식힐 자리 찾아 누웠는데

마당 건너 계곡에서
아이들 물놀이 소리 잠을 막는다.

마당에 꽃밭 두고
집으로 날아드는 나비

땡벌은 창틀에 집을 지어
이사도 못 보내고

그러거나 말거나
가물가물 낮잠을 청할쯤

청개구리 풀쩍 얼굴로 뛰어드니
아이고 깜짝이야!

서산에 산다

창밖의 소나무가 바람을 측정하는 줄 처음 알았다.
습지는 개구리가 주인이라는 것도 알았다.

집 앞의 민들레 홀씨는 동력도 없이 날고
땅 밑을 밀고 나오는 죽순에게 기운을 배운다.

고라니 부부 반짝 출몰에 놀라고
발코니를 차지한 거미가 삶의 줄을 이을 때마다 생각을
넓힌다.

벌은 창틀에 집을 지어 들락거려도
두려움보다는 절실한 놈들의 날갯짓을 본다.

어디에나 그렇듯 봄을 몰아 여지없이 들을 거슬러
달래, 냉이 지천인 곳

A 방조제를 시작으로 늘어선 서해안의 포구들
하늘과 바다가 파랗게 접신하는 서산

서산에 지는 낮달
서산에 지는 인생
서산에 산다.

단풍이 지고 나면

지난 날 내 곁에 그늘이었던 사람

다시는 되돌릴 수 없는 이별이라는 것을
알고도 잡지 못했다.

불같은 레지스탕스와의 사랑
총성 한 발에 새들은 둥지를 떠나고
텅 빈 대지에 핏빛 눈물 자국들
차마 볼 수 없어
눈을 감고 눈물을 밟는다.
그를 듣는다.

손자 돌

밀고 오는 세월에
밀려가면서도
어찌 그리 좋은지
늙어 가는 줄 모릅니다.

악당

봄꽃이 피어도
깐죽대는 겨울
속 보이는 악당.

말을 시작한 손자
말싸움 상대 추가
불리한 전선 방바닥 뒹굴며
떼 전술로 승리를 거머쥐는
악당.

예쁜 꽃

예쁜 꽃은
지가 예쁜 줄 안다.
스치는 시선을 은근히 즐기지.

예쁜 꽃은
지가 잘 난 줄 안다.
해가 져도 머리를 만지지.

예쁜 꽃은
지가 최고인 줄 안다.
딴 꽃 쳐다보는 것을 제일 싫어하지.

누름돌

깃털처럼 가볍고 싶다.

지우고 지우고도
끝내 남겨진 날카로운 통증

막아서는 냇물 가로질러
누름돌로 징검다리를 놓아
천 년이고 만 년이고 씻겨지라고

징검다리 나란히 놓고 훌훌 가렵니다.

가슴앓이

오늘 또
그 무엇이
가슴으로 놓인 강물을 타고
뭍으로 뭍으로 차오르는데
잡을 것인가, 놓을 것인가
눈을 감는다.

시작은 꽤 아름다웠는데
이제는 깨지고 부서진 말들이
자꾸만 내 앞을 막아선다.

머리는 수세미 속
가슴은 돌처럼 무거운데
놓아버릴 무상한 꿈 뒤로
저 멀리서 기적 소리가 들린다.

더 늙어야

물렁한 홍시같이
녹아내린 세월을

백지 위에 옮겨 놓고
새처럼 날고 싶다.

눈감으면 찾아오는
아직 못 다한 미련

그러려거든
아직 더 늙어야 한다.

머리에 꽃을 꽂고

말 못할 일 한이 되어
머리에 꽃을 꽂고 떠날란다.

집도 절도 아닌
산으로 들로 나갈란다.

머리에 꽃을 꽂고 웃을란다.
찢긴 치맛자락 휘날리며 미처 날뛸란다.

땅 바닥에 주저앉아
억새 쥐어뜯고 씨름 한판 할란다.
지는 노을한테 악쓰고 대들란다.

선홍색

시집간 첫날 밤
풀 먹여 까실까실한 이불 색
새 각시 선홍색
그 날부터 꿈으로만 남겨 두고
인생의 오르막길마다 꺼내어 봅니다.

꽃다운 청춘의 순수
선홍색으로 맞바꿔 살았습니다.

선연한 분홍이면
연립 단칸 신혼 방
삐걱거리는 서랍 소리
불편한 행복도 좋았습니다.

접어놓은 선홍색
곧 다시 펼칠 거라고
무색으로 일으켜 세웠던
수많은 날들을 눈감아 살았습니다.

숨도 고를 새 없이 허리끈 질끈 매고
태산을 넘을 때마다
꿈으로만 보였던 선홍색

곱디고운 선홍색 카펫
길게 길게 깔아두고
하늘거리는 배우처럼
하이힐 신고 사뿐사뿐 걷고 싶습니다.

꽃의 내력

사랑한다는 것은
절망도 사랑해야 한다.

고운 무지개 구름 너머
폭풍을 갈라 오듯
사랑한다는 것은
미움도 사랑해야 한다.

사랑과 미움이
분토처럼 뒤섞여
거름이 되면
어딘가에 내린 꽃씨 하나
쏙쏙 뿌리를 내려
여린 꽃대라도 맞서 세워
꽃으로 필 것이므로
사랑했더라면 어떤 것도
함부로 버리지 않는 것이다.

사랑 없이 핀 꽃도 없고
미움 없이 핀 꽃도 없다.

바다 위에서

오는 배, 가는 배
마다하지 않고 흘려보내고도
하늘 끝에 그린 가로 한 획

태풍 불 때만 바람을 대항하여
날 수 있는 큰 새
잔잔한 파도 위에서는
닻을 접어두는 함대

뤼순 감옥 이슬이 되었던 32세 안 중 근
순국 5분 전 하얀 수의 사진 한 장
곧은 자태 고결하여 바다였던 사람
억압으로부터 자유였던 사람

발밑에 차이는 간섭들 피하여
고립으로 익숙해 가는 나만의 영토
자유로부터 고립을 택한 사람
바다 위에 놓여진 종이배

자
유
는

두
렵
다.

어린 날의 겨울

구들장
솔가지
군불
화롯불
고구마
초가지붕
고드름
얼음판
동네꼬마
팽이
썰매
뒷동산
비탈길
눈썰매장
고무신
우물가
논바닥
딱지치기

구슬치기

고무줄놀이

아낙네

두레박질

초저녁

굴뚝

연기

꽁보리밥

동네방네

도깨비

혼불

하루 만에 치르는 축제!

코스모스

꽃만 보면 무지렁이
분 발라놓은 듯 어색합니다.
흔해서 어디서 많이
봤다는 말을 많이 듣습니다.
목이 가늘어 뭐 이런 게 있나 합니다.

참 모질게 살았습니다.
가는 허리에서 아이들을 낳았고
분토를 옥토로 부여잡고
바람에 흔들려도
새 빛을 바라고 서 있습니다.

봄바람

바람이라도 화냥기로 말하면 봄바람이지.

바람난다, 바람난다 해도 풀싹 나기도 전에
이슬 밟고 간 서방님 봄바람 비길 일 없지.

그도 그럴 것이 죄다 땅의 빛이 고개를 들고
드들강 변 동토에도 꽃이 피어나는데

봄바람, 니기미 너는 누구냐?
아지랑이 들판에서 너와 둥둥 날고 싶다.

참 많이 지나왔습니다

더 숙여야 끝나지
더 비워야만 끝나지
채우니 비워지고
비우니 채워지는 내력
지나 온 길에서 알았습니다.

힘 빼고 바라보고
힘주고 밀어주니
어디까지 왔는지
이제야 보입니다.

참 많이 지나왔습니다.

양산 선물 받던 날

양산 하나 선물 받던 날
부끄러워 가리는 얼굴

아니 글쎄
그가 내 옆에 있습니다.

그늘 한 점 애틋함 하나
발길마다 따라 옵니다.

이따금 이는 미소도
아껴 숨겨 두고
그 마음 노래가 되어
흥얼거립니다.

양산을 펴면 나타나는 당신
해만 뜨면 함께 걷습니다.

고향 동무들

반백 년을
팔자대로 살다 왔을 친구들아
건강은 어떠신가?
이제는 이렇게 인사 여쭙네.

이번에는 각자 살아온 길 말고
고향 산천으로 거슬러 가자.
주름살 하나씩 지우며 가자.
옥곡리, 신포리, 방아다리, 터진목
첫 자락으로 가자.

촌티 찍찍 흐르는 전라도 사투리로 말하자.
풀밭에 쓱쓱 닦고 먹었던 서리 고구마
눈물로 눈물로 그리워도 해 보자.

철들어 살았더니 개 코나 뭣이 즐겁더냐.
집 없이도 떼 지어 날아드는
물오리 시끄러운 자유
힘 빼고 물방개나 잡자.

그때가 오면

사랑이 미워지면 모성애는 어떠랴.
함께 사나 안 사나
아프게 저며 오는 사랑
그때가 오면 사랑 타령하며
살 때가 좋았다 할 테니.

한솥밥 먹는 것도 질긴 인연인데
기대지 말고 기대게 하면 어떠랴.
그때가 오면 기운 있어
싸울 때가 좋았다 할 테니.

꽃 피고 단풍 든 산에
혼자 가면 어떠랴.
뒷산도 단풍 들고 진달래 피니
그래도 그때가 오면 바램 갖고
살 때가 좋았다 할 테니.

나를 위해

함께 있어도 혼자인 날에는
괜한 탁자 유리처럼 닦아주고
마음 한 개 채웠다.

앞서가는 어색한 동행에서
팔짱을 끼어도 무심한 내색
그래도 마음 두 개 채웠다.

그대 주머니 속 크고 뜨거운 손 안
덥석 움켜쥐어 주길 바랬던
차갑게 식은 작은 손
그래도 마음 세 개 채웠다.

네 안에 내가 없어도
내 안에 너로 채웠다.

우리 첫 마음으로 가요

삶이 바닥이라면
나팔꽃 싹으로 태어나 봐요.
늘 있던 이곳에서 기다렸다가
흙 담장 위로 손잡아드릴게요.

더 좋은 사랑이 필요하다면
해바라기 꽃으로 태어나 봐요.
그 사랑 찾아 둘러보시면
꽃잎처럼 어여삐 여린 미소로 맞이할게요.

마음이 외로워 허전하면
봉숭아꽃으로 태어나 봐요.
매일 아침 해 깊은 처마가 되어
젖은 이슬 말려 드릴게요.

이것저것 다 귀찮다 생각되면
눈 가리고 귀 막고 들어 주세요.

하고픈 말 들어만 준다면
가슴으로 사랑했던 첫 자락으로 갈게요.

동창회

동창회를 갔더니
시끄럽습디다.

참으로 시끄럽습니다.
어른으로만 살아왔던 고요한 무게
그 날 잠시 내려놓았습니다.

그때그때 행복이 절실했던
어린 시절의 시끄러운 행복

눈앞에서 해결해야 할 하루하루
늘 미래에 행복을 걸었던
어른 살이

시계를 돌려세워
직함 없이 불러주는
애잔한 이름들

쌓아 온 세월의 근엄만큼
얼굴색도 희미해져 가더라도
가시나야 우리 힘 빼고
너울너울 털고 날아올라
영산강 초평 위에서
춤추듯 날아보자.
석양빛 주름계곡에서
모시마야 술 한 잔 따르자.

이 성할 때 많이 먹어라

꽃 나이 때 들었던
어머니의 말씀
자식에게 합니다.
"이 성할 때 많이 먹어라."

마음은 호랑이도 잡는데
늙음이 이빨 먼저
지름길로 오니
어머니처럼 설렁설렁
씹어 넘깁니다.

알타리 김치 우둑우둑
씹어 봤으면 좋겠다던 어머니
딸도 어느새
밥상만 응시합니다.

종이컵

나란히 줄을 서서
단 한 번의 황홀함을 기다립니다.

절절히 떨려오던 그대 손안에서
뜨거운 무게가 비워질 때까지
계속되는 입맞춤

이제 죽어도 좋습니다.
나의 허연 입술에 남겨진
그대 붉은 흔적만 있다면

꿈이라도 다시 꾸고
다시 살아올 수 있도록
구겨 던지지 말아요.

감나무 카페

아파트 단지 현관 입구에
그늘 깊은 감나무 한 그루 있습니다.
어느 날 평상이 한자리 차지하더니
그 이름을 감나무 카페라고 불렀습니다.

냉커피는 당연시 나눠지고
냉장고를 나온 음식들이 차려집니다.
언젠가는 김치 부침개를 부치더니
어제는 쑥개떡, 옥수수

오늘은 양푼에 밥이 비벼지고
102호, 204호 아줌마가
지나는 사람에게 수저를 쥐여줍니다.
비좁은 카페에서 살가운 정을 넘깁니다.

언젠가 감잎이 떨어지고
빈 가지들만 겨울을 지킬 때면
카페는 폐업입니다.

엄마의 마음

엄마가
우리 집에 오신 날
"딸네 집이 제일 편하고 좋다" 하셨다.

큰 오빠가 모시러 오던 날
"뭐니 뭐니 해도 아들 집이 최고지!"
하셨다.

내가 귓속말로
"우리 집이 최고라고 했잖아요?"

엄마는 귓속말로
"딸집이 최고지!" 하신다.

입덧

두려운 설렘
첫 임신
남편에게
늦 밤에 깨워
사 달라 졸랐던
그 이름은 족발

한이로다.
한이로다.
생전에는 잊지 못할
지금도 귓전에 또렷한
그때 그 한마디

"네가 사 먹어!"

해장국

시끌시끌 인생 진간장
맵다맵다 이별 고추장
살다살다 눈물 시래기

다 넣어 천불로 끓인 해장국
이리 오시오, 속 좀 풉시다.

오늘

오늘 살아있는 사람들의 풍경
과음
흡연
리모컨

오늘 죽어가는 사람들의 후회
과음
흡연
리모컨

부부

꼬박 새벽까지
막다른 주장을 하다가
주섬주섬 설움을 챙겨
눈물을 밟으며
일터에 간다.

바람 끝에 말라붙은
하얀 잎새
아직 접지 않은
꿈길을 밟아
다시 현관문을 연다.

웃으며 맞이하는 사람
하늘이 무너진
단 하루의 이별.

술

밤새 날던 개꿈 짜릿한 허무
또렷한 나신 흐릿한 은신
흘러간 영혼들 차례로 호출
모아 둔 오욕 강물로 방출
똑바로 서 있는 만큼 지독해지는 고독
용서해야 할 것들의 충동 사면
나이 들어감을 인정하는 유일한 허용
생각보다 평온한 우주
그리고 샤갈

그녀 팜므파탈
그녀 불구속

총

권총보다
무서운 총
말총
눈총

밤꽃

참 꽃 같지 않아서…
그래도 꽃 이름은
밤꽃

그도 꽃이라고
꽃으로 죽을 줄 알고
천둥 같은 알밤 한 톨
다람쥐분 잡게
목숨 하나 잇는
너그러운 우주

어느 한 소절
바람이라도 좋다.
어디서 왔는지
어디로 가는지
그래도 꽃이었던…

불같은 뙤약볕에서
기어코 살아 낸
오롯한 품격
그래도 꽃이었던…

은빛 세월 너머에
절절히 서 있는 그대
그래도 꽃이었던…

내 사랑

한 때
수평선 너머 붉은 놀 위에
나는 철새들 날개 위에
내 사랑 올려두었다.

한 때
반짝이는 바다 비늘 위에
파도 자락 손 스침 모래 위에
내 사랑 올려두었다.

쉴 틈 없이 엮어낸
지랄 같은 삶 속에
허영이었던 사랑

무디어지거나
흐릿해지는 황톳길 위에
또렷해지거나
이제야 보이는 사랑

가을 오는 길

어쩌면 그렇게
바쁜 걸음 재촉하며
붉게 오는지

오는 가을이야
차가워진 곡천을 지나
코스모스 길로 오지만

황톳길 뿌연
신작로 길을 지나
소리 없이 먼저 온
난쟁이 단풍

붉은 가을 어이없어
크게 하늘로 웃지

어머니 갈건이
허연 머리 위로 쌓이던 가을
이제 내게도
붉게 물들여 오거라.

제3부

달력을 넘깁니다

겨울만 오면

가난이 뭔지 몰랐던 모두의 가난
추운 것이 뭔지 몰랐던 그때의 겨울
쓸쓸한 것들의 망각
준비되는 것들의 무상
하루의 절실함만으로 꿈을 꾸던
어린 날의 겨울에는

아침밥이 지나면 낮 밥
낮 밥이 지나면 저녁밥
아침은 정지 간 엄마의 그릇 소리
해 질 녘 제청 철호네 집사였던 아버지
사립문소리
트랜지스타 라디오 소리
그리고 밥 냄새

지금의 사람들이 그리는
사람이 산다는 것의 평화
시간은 없고 때만 있었던

뒷산 비탈길 왕대 썰매장
그리고 겨울 샘 두레박질

남평 100리길
군에 간 수곤이 아제
휴가 오던 날 박산 과자
장성배기 신작로길 포수 어른
허리춤에 걸린 장끼 한 마리
다짜고짜 평상에 휙 던지시던
쑥스러운 나눔

살아있는 이야기
도깨비 닭 피 묻은 빗자루
밤만 되면 도깨비 되어
왼발 내라 하면 오른발을 내고
오른발 내라 하면 왼발 내야 한다는
도깨비 씨름
19살 때까지 믿었던 전설 같은 이야기
그 어린 날의 겨울
계수나무 한 나무 토끼 한 마리
유난히 큰 보름달

공산장에 간 울 엄마
코쟁이 고무신, 참기름 한 병
빠다 두 덩이 그리고 석유 곤로
곤로 불 켜 밥하는 엄마의 겨울 부엌
그날의 뜨거운 보리밥, 고추장

어린 날의 겨울에는…

이제 그만

그럭저럭 살아온 세월 놔두고
이제는 그만 두고 갑니다.

영혼 없는 눈동자
멀찌감치 바라보는 침묵
이제는 모닥거려 두고 갑니다.

보따리 하나 달랑
남은 목숨 부지하러 친정 갑니다.

식어간다는 것

그리워서 못 산다고
못 산다고 하던 때가
언제였던가요.

꽃보다 예쁘던 시절
함께 있어도 그립다던 사람
지금은 수명이 다 된
전등처럼 기억조차
깜박거립니다.

행여나 달라질까
한 번 더 한 번만 더
넘고 넘던 고갯길
너도 눈물겹고
나도 슬퍼라.

일어나고 눕는 일이 고달파
그냥 누워 잠들기를 꿈꾸던 천장

누구에게는 최고였을 당신

누구에게는 최고였을 나

주정

창문 닫고 커튼 칩니다.

두려울수록 더 강해지는 혼령
질긴 인연 죽음 같은 인내 묻어두고
끝내 아침을 맞는 날들

세상에서 가장 날카로운 깔 끝
맨손으로 잡고 넘던 숱한 고개

밝고 우아했던 꿈으로 채운 온 달
밤을 접어 기우는 흐릿한 낮달

바보

간단하고도 단호한 말
상징과 은유로 삶의 둘레들을
채워놓고도 밑도 끝도 없이
나가란다.

워즈워스의 시어들
낭만주의 그 함축된 저림
채워두고도 미련 없이
나가란다.

수많은 사람 중에
사랑이라는 시어를 처음으로
썼던 사람
벽만 보고 나가란다.

멀대 같은 자작나무
잔가지 기대어
자유를 선언하는 바보

들어 주세요

다음에 말하지
그 얘기
알고 있어.
그 말

어제 꽃을 샀어.
그냥
자고 있어서
식탁 위에 올려놨어.

꽃을 산 건 처음이었던 같아.

내일이 궁금해서 오늘을 산다

어제는
비 오고
천둥 치고
번개 치더니

오늘은
맑고
화창하고
반짝이는 날

울다가 웃는 날 오듯
없다가 있는 날 오듯

내일이 궁금해서 오늘을 산다.

사랑은

사랑은 여름비 채기 같아서
시도 때도 없이 오더니
오늘도 수없이 다녀간다.

사랑은 갓난애 같아서
가는 곳마다 따라오고
있는 곳마다 앞에 있고
하는 대로 따라 한다.

사랑은 강물 같아서
숨은 속까지 물들여
들꽃으로 피어 바라봐도
잡히지 않는 안개란다.

제삿날

내 고향 남도 땅 왕곡 신포리 박포
반사적으로 외웠던 주소

금토박토 씨 뿌려 거두며
매 고만고만 살면서
가난만큼 또렷해지는 신포리 박포

바람 밭 대나무가 하늘을 쓸고 있을 때
느닷없이 구렁이 담장을 지나고

봉숭아, 맨드라미 울 밑 아래
대찬 삶 앞에서 눈물이었던
엄마의 마당

부엉이 우는 소리에도 무서웠던 고향
양철쟁이 아버지의 콧노래도 그리워라

아파트 18층
고향 쪽으로 놓여진 제사상
술 한잔 올립니다.

황혼

큰 바다 한가운데 섬 하나
구름 한 조각 섬 한 조각
눈썹 같은 초승달
불같은 젊음
뜻을 세운다고 떠난 서방
안개인 듯 바다인 듯
믿어 기다렸습니다.

어디 아이들 노는 소리 없었으랴
어디 꽃다운 하룻밤 없었으랴
하늘인 듯 저승인 듯
눈 뜨고 가신 어머니
눈물로 적신 모시 베 자락에서
그리울 때마다 가슴에 두들기던
다듬이 소리를 듣습니다.

화가의 꿈

화가가 꿈이었습니다.

꿈을 접고 구겨 살다가
중년의 나루터에서
머리방 곱게 차렸습니다.

색시의 나이 색은 봄볕 개울 색
중년의 나이 색은 평화로운 갈색
노인의 나이 색은 달맞이 새벽 색
인생의 색입니다.

웃자란 머리칼 등배하여 자르고
누운 정수리 힘주어 세웁니다.

손끝에 전해 오는 희망만큼
아직도 꿈을 염색하는 사람들
색색 머리 꽃이 핍니다.

잘한다 잘한다 입소문 뒤로
마을 목 화랑이 차려진 셈입니다.
화가의 꿈은 이룬 셈입니다.

거울 앞에서

활짝 웃다가 거울을 봅니다.
나는 없고
엄마 얼굴이 있습니다.

세수만 해도 백옥 같던 얼굴이
청춘은 주름 길 뒤로 숨었고
머리엔 배꽃이 한창입니다.

더뎌지는 행동과
옅어지는 표정만큼
흥도 더디게 옵니다.

거울을 닦습니다.
다시 내가 보입니다.
그래도 인생 숙제 두 번 못합니다.

괜찮소 좋겠소

머리에 서리가 내려도 괜찮소.
더 이상 빠지지나 말았으면 좋겠소.

쭈글쭈글 오만 주름도 괜찮소.
분칠하고픈 마음이나 안 변하면 좋겠소.

높은 산 오르지 못해도 괜찮소.
꽃 잔디 친구 삼아 쉬엄쉬엄 살펴 가도 좋겠소.

바늘귀 못 꿰어도 괜찮소.
봉선화 여린 빛깔만 보아도 좋겠소.

빠른 노래 몰라도 괜찮소.
뒷산에서 뽕짝 치던 오빠 기타 소리만 추억해도 좋겠소.

이러나저러나

따져 묻지도 않았습니다.

옷깃 하나 세워도 멋져
사랑했던 시절

사랑보다 훨씬 가혹한
정 잡고 살아 온 시절

정 주고 사랑 주고
챙겨야 할 바램도 지웠던 시절

정으로 달래 간장 양념하고
조물조물 사랑으로 무친 나물
이러나저러나
맛있으면 될 일입니다.

내 안에 울 엄마

비단장사 엄마 밤늦도록 소식 없어
아버지 손잡고 산 넘어 찾아간 곳
환갑잔치하는 내 친구 민자네

한복에 코빽이 버선발로
학처럼 사뿐히 자태도 곱게
장구 장단 동네를 휘감고
쿵 딱 쿵 따닥 쿵딱쿵딱

치맛자락 끌며 보채는 내 손잡고
삼정이 고개 어두운 길을 넘을 때
아버지 침묵하며 무겁게 앞서 걷고
그날 밤 새벽녘까지 계속되던
무능한 아버지의 강짜
그리고 엄마의 눈물

단칸방 나와 동생들 줄줄이 누워 듣던
그날 밤 유난히 컸던 소쩍새 울음
고왔던 울 엄마 막막한 살림살이
유일한 유희였을 장구 장단
이 딸도 엄마가 되어 장구를 칩니다.

새치 하나

검은 머리에 파 뿌리
어디서 많이 듣던 말
그때는 몰랐던 말
머리칼 검고 짙은 시절
멀리만 있던 세월의 미래

주름 하나 새치 하나
고왔던 행자 이모 머리
배꽃처럼 희어갈 줄이야.

어느 누구랄 것 없이
산다는 것은 한 줌 생명 붙잡고
죽을 일만 빼고 다 해본다지만

윤동주는 별 하나에
라이너 마리아 릴케의 이름을 붙여주고
후쿠오카 형무소에서 죽었다.
1945년 2월 16일

새치 하나에
모든 죽어가는 것을 사랑해야지.
그래도 나한테 주어진 길을
걸어가야겠다.

돌아가는 길

몸땡이가 쑤시니 비 오겠네.
사랑과 돈 지킨다고 퍽이나 울다가
인생 뭐 별거냐 다 안다 했더니

누구 한 사람 용서 못 하고
울고 넘던 그 길로 돌아오는 길

그것만이 전부인 양 지긋지긋한 그곳을
되돌아가려는 마음 오므리고
미움으로 도배질하며 돌아오는 길

동백꽃 붉어

봄에 핀다고 동백이냐
잔설 수줍다고 동백이냐
화냥기 붉어 붉어 동백이냐
뉘 모를 언약 그리워 동백이냐
천고 기운 천수답 아낙네 동백이냐

그 고왔던 석채 각시 어떻게 여자로 사셨습니까?

벚꽃 비

비가 내립니다.
꽃 비라고 하네요.

하얗게 내립니다.
아름답습니다.

삭풍 계절 지나
봄마다 여린 꽃
설운 이별들

절절한 여름
사랑 한번 태우지 못했던
3.1절 처녀들
치맛자락으로
날리 우더라. .

초설

한 번도 사랑한다는 말을 하지 못했다.
한 번도 미안하다는 말을 하지 못했다.
어디로 가느냐고 묻지도 못했다.

낙엽
낙엽
낙엽

손 없는 악수
발 없는 동행
눈 없는 윙크
입 없는 키스로 오는 초설

우울한 날

옷, 신발,
책, 그릇들
버리고 버린다.

세상 떠나기 전 엄마가
이거 너 입어라
이거 너 쓰라 해 놓고
하늘로 가신 것처럼

내가 좀 더 가벼워졌다.

내가 좀 더 비워졌다.

내가 좀 더 없어졌다.

장가드는 아들에게 보내는 편지

엄마로 살아 온 세월 동안 다 엄마답지 못했을 것들이
세어 보면 적지 않았을 텐데 아들의 엄마로 감동 가득 찬
너의 결혼식장 맨 앞좌석에 앉는다는 것이
얼마나 감사하고 고마운지 모른단다.

사는 것이 바빠서 힘겨운 세월만큼 빈 집을 지키고
아버지와 대적하며 오가던 독설로 남 몰래 눈물 흘렸을
아들아!
사람과 연을 맺어 사는 일이 제일 힘든
일이라는 것을 알았을 아들아.

감동과 축복으로 어느 아름다운 딸이었을 신부를 맞이
하는 아름다운 인연의 시작 앞에 이 글을 너에게 바치고
싶다.

여자 말을 끝까지 들어줄 수 있어야 한다!
여자는 말을 들어주는 것만으로도 꿈을 놓지 않는단다.
남자는 하찮고 귀찮은 일일지 몰라도 여자에게는 이것이
행복의 조건이란다.

예쁘면 예쁘다고 사랑한다고 말로 해야 한다!
살다 살다 사랑이 느슨해질 때 말은 곧 씨가 되어
따뜻한 봄날 동토를 넘는 위대한 새싹처럼
생명의 기운으로 피어나기 때문이란다.

음식에 대한 칭찬과 고마움은 말로 표현해야 한다.
그러므로 여자는 부엌의 시간을 노동이라고 치부하지
않는단다.

빈번한 술자리의 의리는 가정의 가치를 덮을 수 없단다.
여자는 아집과 완력으로 이기는 것이 아니라 인정과 배
려가 동반되면
여자는 스스로 남편에게 존경할 만한 것들을 찾아내기
마련이란다.
엄마로서의 수고를 결코 마음 상해 하지 않는단다.

다른 여자로 인해 오해 없게 행동해야 한다.
아내에게 주는 어떤 상처보다도 큰 상처는 여자 문제란다.
다른 상처는 노력과 시간을 통해 치유되지만
그것의 상처는 절대 치유되지 않기 때문이란다.

처갓집에 잘 해야 한다.
처가와 친가를 구분 짓는 거리만큼 너와 여자의 틈이
생기기 때문이란다.

큰 아들로서 자주 안부를 물어야 한다.
형님다움은 물질과 서열로 보여주는 것이 아니라
관심과 작은 접촉으로 이루어지기 때문이다.

형제간에 금전 거래 하지 말아야 한다.
그로 인해 부부가 멀어지기도 하고 형제간도 멀어지기
때문이란다.
금전은 사람의 마음과 달라 사이를 멀어지게 하는 마법
이 있기 때문이란다.

부부간에 의견 차이가 생기면 쉬어 가듯 시간을 개입시
켜야 한다.
남자와 여자의 뇌 구조가 다르다는 것을 명심해야 한다.
세상을 살다 보면 비교적 여자가 더 현명한 결론을 내릴
때가 많단다.
크나큰 일이 가정에 닥쳤을 때도 오히려 여자가 이성적
판단을 하는 것처럼.

길에서 드는 물건은 여자는 핸드백만 들게 해야 한다.
남자의 근육은 사랑을 표현하는 위대한 도구로 사용되고
노상에서의 남자의 배려는 집에서의 배려보다
더 큰 행복으로 다가오기 때문이란다.

아들아! 행복은 성적순으로 오지 않는단다.
무조건 부부 둘의 행복이 먼저이고 나머지는 나중이란다.
부부가 먼저 행복하지 않은 이상
다른 모두에게 행복 바이러스를 넓힐 수 없기 때문이란다.

네가 내 아들이어서 고맙고
잘 자라 줘서 고맙다.

우울증

전력으로 질주하고도 주저앉지 않던 오만
숨만 쉰다고 살아있는 것은 아니라고
천둥 번개도 안고 살던 젊은 날의 초상

먹구름 덮여 오면 미친 듯 비 뿌릴 테고
잎이 지면 살아있는 기운 잠시 쉬어가고
처음으로 되돌려 시작하라는 것쯤은
알 법도 한데 고독이 사치였던 날들

청춘이라는 누림도 없이
사추기를 지나는 어두운 터널 안에서
끝내 알아차린 눈물로부터 친숙한
별다를 것 없는 혼자라는 황혼의 길목

의미 없이 눈앞에 아른거리는 사람들
이유 없이 말을 걸어오는 사람들
두드려 오는 원치 않는 빗소리
쫓기듯 문을 닫고 커튼을 쳐도
꿈으로도 헤집어 찾아내어
심장을 겨누는 서슬 퍼런 비수

행복

한 번도 손을 내밀지 않았다.

여태껏 옆에 있었다는 것을 몰랐다.

절망으로 차려진 밥상 위에도
계절 끝에 매달린 꽃잎 하나에도
행복은 투명으로 있었다는 것을
이제야 알게 되다니!

투명했으므로 꿈이었던 당신
오늘은 취침 등을 켜 두고 싶다.
눈만 뜨면 볼 수 있는 당신을 위해

용서의 남용

다시는 돌아오지 않을 것처럼
마음 추슬러 준비할 틈도 주지 않고
코끝에 진한 문학 한 줄만 남기고
인정머리 없이 뒤도 돌아보지 않고
매섭게 찬바람 날리며 떠나버린 당신!

여위고 여위어서 서 있지 못할 때쯤
느려진 손끝으로 해진 옷이라도
다시금 정갈하게 차려입고
그대 한 올 머리카락이라도 눈에 보이기를
언제나 응시하고 있는 골목 끝에서
아무 일 없었던 것처럼 나타나 주기를
줏대도 묻어두고 당신을 기다립니다.

떨치지 못하는 분노도
사랑했으므로 맺혀진 한 점 씨앗인 것을
다시 올 것이라는 뻔한 믿음 안고
그때 비밀의 정원에 가득했던 흰 목단

당신의 빈 탁자 위에 화병 가득 꽂아 둡니다.

밥알 하나 넘길 수 없이 쇠약해져
그리움마저 접혀가고 간신히 넘어 온
한설 끝자락에서 기력을 잃을 때쯤
어찌 알았는지 내 좋아하는 분홍 넥타이를 매고
슬그머니 나타나는 못된 당신!

그 분노 어디 가고 나도 모르게
용서를 남용해 버린 깃털 같은 나!

살다가 살다가

한 줌 몸뚱이 안고
한 세상 살기가 참 그렇다.

처음부터 몸에 맞지 않은
헐거운 바지를 올려 잡고
자식 새끼 줄줄이 달고
곧게 산다는 것이 참 그렇다.

살다가 살다가 물처럼 흘러
흙으로 가면
영산강 초평草平 위를 나는
구름 한 점으로 살고 싶다.

사랑해 보세요

사랑해 본 사람은 알지
사랑 말이야
그것 참 피곤해
거미줄을 쳐놓고
그 안에서만 살라고 해

사랑해 본 사람은 알지
참 이상해
갇혀 봤더니
담장 밖이 궁금해

사랑해 본 사람은 알지
다 알고 싶어 따져 묻는데
몰랐던 날의 나만의 정글도
아름다웠다는 것을 알지

사랑해 본 사람은 알지
사랑은 평여수平如水

물의 표면과 같아서
꽃 배 띄워 가도
멀미하고 마는 혼돈

사랑해 본 사람은 알지
채워도 비워지고
비워도 채워지는 내력
그냥 그렇다는 거지

왜 몰랐을까

사랑이 강을 이루어 물결로 흐르던 날
바람도 잔잔히 기력을 세워주던 날
하늘이 있다면 땅이 있듯이
사랑 안에 미움도 있다고 왜 몰랐을까!

미움이 바다가 되어 풍랑으로 흐르던 날
가지 끝에 달린 마지막 잎새 떨어지던 날
절망이 있다면 꿈도 있듯이
미움 안에 사랑도 있다고 왜 몰랐을까!

고목을 바라봅니다

솟아 오른 바위틈 새로
뿌리를 내리고 서 있는
고목을 바라봅니다.

살아 있는 것의 증거
희망하는 것들의 조건
지킨 시간만큼의 유산
체념하는 것들의 격려
실망하는 것들의 포용
고된 것들의 그늘
알고도 침묵하는 대인

나는 누구를 위해
불같이 살아 본 적이 있는가!

풀꽃

꽃인지 풀인지
꽃이면 어떻고
풀이면 어떠랴
발길 멎은 길 위에도
대충 피운 꽃은 없다.

달력을 넘깁니다

달력 한 장 넘깁니다.
달력 두 장 넘깁니다.
달력 세 장 넘깁니다.
달력 네 장 넘깁니다.
달력 다섯 장 넘깁니다.
달력 여섯 장 넘깁니다.
달력 일곱 장 넘깁니다.
달력 여덟 장 넘깁니다.
달력 아홉 장 넘깁니다.
달력 열 장 넘깁니다.
달력 열한 장 넘깁니다.
달력 열두 장 넘깁니다.

$12 \times 60 = 720$장
넘기고 있습니다.

내리사랑

나 어려서
울 엄마가 왜 나를
빤히 쳐다보셨는지
그때는 몰랐습니다.

내가 엄마 되어
내 자식 바라볼 때
그 내력을 알았습니다.

할머니가 되어
손자를 바라보니
똥도 예쁩니다.

백발

친구야 백발이면 어떤가.

한평생 흑백을 가려야만 직성이 풀려
대적하고 힘주고 산 세월
어느새 하얀 눈이 머리 위에 내렸네

아직도 남은 오욕
깨끗이 지워버리라고
내리는 흰 눈이라네

느린 걸음
멀리서도 희게 눈에 띄라고
보내는 흰색 선물이라네

허리 곧게 세우고
생테밀리옹 와인 라벨을
판독해 내는
낭만 색 백발로 살면 되지.

친구야 백발이면 어떤가.

느림 한 소절

우리 지금
검색하지 말고
사색해요!

우리 지금
탐색하지 말고
채색해요!

오동나무

동구 밖 대서리 가는 길
부모님 생때같은 밭 두 마지기
뻐꾹새 우는 야산 쪽으로
오동나무 대여섯 그루

부모님 밭일하다가
외동딸인 날 보고
"너 낳았을 때 심은 오동나무란다!
시집 보낼 때 장롱 만들어 주려고…"

밤낮으로 논밭을 일궈도
오 남매 식구
가난 앞에 무력했던 부모님
하루가 멀다 않고 드나들던
송정리 황룡강 뽕뽕 다리 아재
도시 가서 참기름 가게 차려
자식들 교육시킬 수 있다던 말만 믿고
전답 팔아 몽땅 손에 쥐어 보낸 뒤로

그를 한 번도 볼 수 없었던 통한의 세월
$#^#&^*&^$#@+&^%$*$#@&^$***

송정리 5일 시장
벌집같이 줄줄이 늘어 선 달세 가게
막걸리 잔술 팔던 여린 엄마
어떻게 견디어 사셨습니까!

고향의 오동나무
아직도 거인처럼 서 있는데
부모님 간데없고
오동나무 커다란 잎사귀만
엄마처럼 손짓합니다.

여자의 언어

여자의 눈물은
수만 사연을 한 송이 꽃에 담는 위력

여자의 말 많음은
처음으로 다시 가고 싶다는 우회도로

여자의 말 없음은
눈을 맞추어 말 좀 하라고 보내는 최후통첩

마음에 풍선 달고

까까머리 머시마와
갈래머리 가시나가
홍시 같은 얼굴로
떨린 손 포개 잡던 시절

어색해서 모자만 눌러쓰던 머시마
내력 없이 잔디 풀만 뽑던 가시나

그때 그리워 다시 찾은 그 자리
아지랑이만 어질어질 훼방을 논다.

안절부절

내 눈길
요리조리 피해가지만

허튼 행동
이말 저말 하고 있지만

네 맘 다 안다.
이 사람아.

가는 길

항상 갈 때가 문제다.

얼마나 많은 부스러기들을
뿌리고 뿌렸던가.

지나 온 자리
부끄러운 흘림 지워
흔적도 없이 가는 것이다.

올 때는 가는 것을
걱정하라는 시인 한용운
수도승처럼, 구름처럼, 바람처럼
있었지만 없었던 것처럼
흔적도 없이 가는 것이다.

빈손으로 왔던 길
수많은 독선들 비워 내고
용서를 빌며 가는 것이다.

혹시 남겨진 잔설 있거든
샛강 물로 흐르다가
구름으로 떠갈 테니
남도소리 구성지게
소리 한번 들려주렴.

자식 필요 없다

어머니께서
"자식 소용없다.
네 몸 챙겨라!"

그러면서
당신 딸은
거두십니다.

아직 발효 중

지우고 싶은 기억들
고독해지면 꺼내 볼 수 있게
둘둘 말아 보관할 곳을 찾다가

질항아리에 미움을 담고
나의 반성과 미안함으로 삭혀서
달달하게 발효 중입니다.

농축되기까지는
아직 더 덮어 두어야 합니다.

손녀와 내 딸

방 한 칸 달린 가게
시너 냄새 지독한
드라이클리닝

생업과 살림 경계도 없이
눈만 뜨면 고단한 날들
지지리 허약했던 첫아들
눈물 반, 밥술 반으로 키우면서
허다한 날의 가난까지

유난히 컸던 배
둘째 이란성 쌍둥이
축복을 노래하고도
삶에서 감당 못 할
무게를 걱정했던 친정엄마
한숨 끝에 나온 말
"둘 다 잘 키울 수 있겠어!"

어느새 여기까지
예쁘고 당당하게 키워
전생에 나라 구한 것처럼
훌륭한 사돈, 멋진 청년 사위 맞아
시집 보냈습니다.

엄마의 딸은 딸을 낳고
내 딸은 또 예쁜 첫 손녀를
낳았습니다.

내 딸도 엄마처럼
이 세상 거친 길을
오롯이 예쁘고 당당하게
키워 낼 것입니다.

바다에 가면

깊고 넓은 바다 큰 가슴처럼
속 시원하게 말 한번 들어 줄래요?

파도 같이 식지 않는 정열로
기습 뽀뽀 한번 해 줄래요?

갈매기 깃털같이 부드럽게
머리 한번 쓰다듬어 주실래요?

노을빛 한 움큼 떼어 와서
가슴에 평생 추억 하나 물들게 해 줄래요?

미역 살에 소라구이
술 한잔 따라 주고 펑펑 울게 해 줄래요?

연애 시절 잃어버린 말 건져와
사랑한다, 미안하다, 한 번만 해 줄래요?

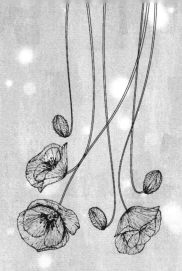

제4부

사진 한 장 - 노래 가사

사진 한 장

세월 잊은 조약돌 하나
내 손에서 예쁘다 예뻐

세모 네모 모난 마음 나도 이제
조약돌인데

잔주름은 나이를 세고
머리 위엔 배꽃이 피네

바쁘다 말고 꿈 하나만 접자
시간 타령 말고 사랑하며 살자

언젠가 사진 한 장
꽃밭에 걸고 갈 사람아

아싸 가는 거야

1.

아싸 가는 거야. 아싸 떠나보자.
아들도 장가가고 딸래미도 시집가고
둘만 남은 우리 인생

아싸 가는 거야. 아싸 여행 가자.
돈 돈 돈 번다고 악착같이 살았단다.
이제는 팔도 유람해 보는 거야.

지금부턴 우리 서로 위로를 할 때다.
여보 당신 아프지 마. 건강해야 돼.
동해로, 서해로, 남해로 갈까?

늦기 전에 가 보는 거야.
바람에 구름 가듯 떠나 보자.
우리에겐 즐길만한 이유가 있다.

2.
아싸 가는 거야. 아싸 떠나 보자.
아들도 장가가고 딸래미도 시집가고
둘만 남은 우리 인생

아싸 가는 거야. 아싸 여행 가자.
돈 돈 돈 번다고 악착같이 살았단다.
이제는 돈 좀 쓰며 살아도 되잖아

지금부턴 우리 서로 위로를 할 때다.
여보 당신 아프지 마. 건강해야 돼.
거제도, 청산도, 제주도 갈까?

늦기 전에 가보는 거야.
바람에 구름 가듯 떠나보자.
우리에겐 즐길만한 이유가 있다.

혼자보다 둘이

1.
이 나이에 무슨 사랑이야
그냥 두라고 내버려 두라고
천 번 만 번 뿌리쳤건만

기어코 이 마음 꽉 잡아서
사랑하게 만든 사람아

꽃잎 떨어지는 뒤안길에도
사랑은 있었네요.

석양은 해 넘을 때 아름답듯이
노을 길 따라 혼자보다 둘이
손잡고 같이 걸어요.

2.

이 나이에 무슨 사랑이야
그냥 두라고 내버려 두라고
천 번 만 번 뿌리쳤건만

기어코 이 마음 꽉 잡아서
사랑하게 만든 사람아

낙엽 떨어지는 뒤안길에도
사랑은 있었네요.

석양은 해 넘을 때 아름답듯이
노을 길 따라 혼자보다 둘이
손잡고 같이 걸어요.

놀다 가세

놀다 가세 놀다 나가세
풍악 소리 흥겨울 때 놀다 나가세

내 어깨엔 너울너울 날개를 달고
황새 같은 발걸음의 자태 좀 보소.

목청껏 노래하니 꾀꼬리가 여기 있소.
놀다 가도 한세상, 바삐 가도 한세상
풍악 소리 흥겨울 때, 어야 둥둥 놀다 나가세.

축하합니다

축하합니다. 축하합니다.
오늘의 주인공을 축하합니다.

좋은 음식에 술도 한 잔 얼씨구 좋구나.
흥에 겨워 엉덩이가 들썩들썩
어깨춤이 덩실덩실
쑥스럽다 얌전빼면 누가 상주나
걱정일랑 모두 잊고 놀아봅시다.

쏜살같은 세월이야 갈 테면 가라.
흥에 겨운 몸짓으로 축하합니다.

나에게 위로할 거야

나 사는 거 안쓰러워 말아요.
걱정도 하지 마세요.

모진 바람 견디고 온 고목이 밉던가요?
소중한 내가 그깟 풍파에 쓰러지지 않아요.

보란 듯이 더 멋있게 태어날 거야
힘들었던 지난날이 있었기에

지금의 내가 있는 거라고
나에게 위로할 거야

시장 스타일

해 뜨면 아침이요 해지면 저녁이라
밥 안 먹고 잠 안 자는 사람 어딨나?
하늘 아래 북적북적 여기저기 축제의 마당

살까말까 살까말까 입고벗고 입고벗고
신고벗고 신고벗고 잡고놓고 잡고놓고

곱디고운 반찬가게 아주머니 억척 세월
손맛 한 번 끝내주구려.
소문난 김밥집엔 돌리고 썰고 돌리고 썰고
기다리는 줄 좀 보소. 줄 좀 보소. 기다려야지.

새벽시장 도매 시장 부지런한 젊은 총각
과일, 야채 물건이 신선
낮 시장은 이것저것 물건 구경 사람 구경
볼 것 많고 살 것 많아. 아이고 다리야.

해 떨어지니 떨이떨이 과일, 야채, 생선 떨이
팔아 좋아. 싸서 좋아. 좋구나 좋아.
밤이 되니 포장마차 등불 아래 모여들어
한 사발의 막걸리에 고된 하루 푸시는구나.

살까말까 살까말까 입고벗고 입고벗고
신고벗고 신고벗고 잡고놓고 잡고놓고

돌아와다오

1.
갈 테면 가 버려라 큰소리쳐 놓고
이게 뭐야 나답지 않게 울고 있잖아
네 모습이 안 보이면 좋을 줄 알았다.
어쩌다 맺은 인연 물거품인가.

소중한 당신 그때는 몰랐다.
보고 싶구나.
아~ 돌아온다면
당신만을 사랑할 거야.

2.
아무리 생각해도 너밖에 없었다.
이게 뭐야 너 가버리고 울고 있잖아
네 목소리 안 들리면 좋을 줄 알았다.
어쩌다 맺은 인연 물거품인가.

소중한 당신 그때는 몰랐다.

보고 싶구나.

아~ 돌아온다면

당신만을 사랑할 거야.

후련해지면

1.
사랑을 하면서도 외로웠어요.
사랑을 받으면서도 허전했어요.

가슴에다 묻은 말 한 번 들어 주세요.
귀를 막고 눈 감고 들어도 돼요.

내 말이 끝나면 아무 말 없이
한 번 안아줄 수 있나요.

후련해지면 우리 처음 사랑했던
그때로 돌아가서 만나요.

2.
사랑을 하면서도 외로웠어요.
사랑을 받으면서도 허전했어요.

가슴에다 묻은 말 한 번 들어 줄래요.
귀를 막고 눈 감고 들어도 돼요.

내 말이 끝나면 당신 품에서
펑펑 울 수 있게 안아 줄래요.

후련해지면 우리 처음 사랑했던
그때로 돌아가서 만나요.

여보세요

여보세요. 여보세요. 좋은 사랑 찾나요.
몸맵시도 좋고 얼굴 예쁘고 돈도 많아서
첫눈에 반해 버릴 그런 사람 찾나요.

나처럼 있는 듯 없는 듯 눈에 띄지 않아도
된장처럼 속 깊고 고추처럼 매운 사람이 난데
이런 나를 옆에 두고 어디를 보나요.

마음으로 마음 보면 좋은 나를 볼 텐데
보이는 것만으로 사랑이라고
착각하지 마세요.

찔레꽃 인생

지금껏 살아온 날 모아 봤더니
종이 한 장도 다 못 채우더라.

아프고 울고 웃고 고생을 하고
사랑하고 이별하고 이것이 다더라.

인생사 거기서 거기인 것을
별것이나 있는 양 편히 못 살고

험하게 살아왔다고 투덜댔더니
찔레꽃은 가시밭에서도 피고 지더라.

방금 핀 꽃

1.
살기 좋은 세상에 태어나
고개고개 넘어서 왔네.

나이하고 바꾼 세월 공짜는 아니었어.
내가 만약 꽃이라면 꽃이었다면

가뭄 끝에 방금 방금 피어난 꽃
태풍이 휘몰아쳐도
이제는 흔들리지 않으렵니다.

더하고 빼고 해 버렸더니
억울할 것 하나도 없소.

2.

살기 좋은 세상에 태어나
굽이굽이 돌아서 왔네.

나이하고 바꾼 세월 공짜는 아니었어.
내가 만약 꽃이라면 꽃이었다면

장마 끝에 방금 방금 피어난 꽃
태풍이 휘몰아쳐도
이제는 흔들리지 않으렵니다.

더하고 빼고 해 버렸더니
억울할 것 하나도 없소.

사랑은 질투다

사랑하는 사람아. 알면서 그러지 마.
너를 향한 내 마음을 보여줄 수 있다면

그래그래 좋아 좋아 이렇게 말할 텐데
어떡해야 내 마음을 꼼짝 못 하게 할까

하루라도 너를 못 보면 못 살 것 같은데
살랑살랑 눈웃음에 빠져서 못 나온다.

여기저기 너를 보는 시선이 싫다.
난 너를 좋아하니까 난 너를 사랑하니까
사랑은 질투다.

세월 열차

오늘도 달려간다. 세월 열차야
종착역을 향해서

유턴도 후진도 못 하면서
고장도 안 나는 세월 열차

한 번 딱 한 번만 후진 좀 하자.
못다 한 말, 못다 한 사랑

후회된 일, 미안한 일
바로잡아 놓고 오련다.

무정하고 매정한
멍텅구리 세월 열차야

봄바람아

1.

바람아, 바람아. 봄바람아.

수양버들 흔들면 내 마음도 흔들린다.

아지랑이 아롱거리면 첫사랑이 생각이 난다.

꼴망태 메고 휘파람 불던 그 시절이 너무 그리워

지금도 두근두근 가슴이 뛰고 뛴다.

보리밭 샛길로 봄바람이

살랑살랑 불어오네.

2.

바람아, 바람아. 봄바람아.

민들레꽃 흔들면 내 마음도 흩날린다.

아카시아 꽃이 피면 첫사랑이 생각이 난다.

강둑에 앉아 풀피리 불던 그 시절이 너무 그리워

지금도 두근두근 가슴이 뛰고 뛴다.

보리밭 샛길로 봄바람이

살랑살랑 불어오네.

당신은 나의 사랑

당신은 나의 사랑
당신은 나의 운명

같이 잠들고 눈뜨며
흐르는 시간 속에

주고받은 미소가
물처럼 스며들어

갈수록 하나처럼
닮아가는 얼굴

우리 모습 변해 갈수록
깊고도 애처로운 사랑

당신은 나의 사랑
당신은 나의 운명

우리는 천상에서도
같이할 사람

시평

아름다움과 순수가 숨 쉬는 시집 /

Ⅰ. 들어가는 말

다음 카카오스토리 이영임 문우님께서 자신의 친구인
노성배 시인의 첫 시집 출판에 따른 시평을 의뢰해와 생
면부지의 노성배 시인의 시를 평한다는 것에 바로 응하
지 못하고 망설이다가 회갑을 맞아 출판하는 첫 시집이
라는 말씀에 흔쾌히 시평을 승낙하고 시집『한때 꽃이었
으면 된다』를 펼치고 감상하면서 나의 가슴이 뛰었다.

시 속에 잠재한 시상들과 삶의 아름다움과 순수함이 숨
쉬는 그 자체로『약해지지 마』란 시집을 출간한 일본의 '시
바타 도요' 같은 시인이 한국에도 건재하다는 나름의 생
각과 함께 신선한 충격을 받았다. 노성배 시인은 '시바타
도요'처럼 순수 그 자체의 아름답고 진솔한 시를 창작해
내고 있었기 때문이다.

시평할 시를 간추려내기 위해 한 편 한 편 시를 감상해
가면서 시집에 수록한 시 100여 편을 모두 감상문과 함
께 시평을 하고 싶고, 시의 진솔한 이야기에 흠뻑 빠져들
었다. 그러나 지면 관계상 다 시평 하지 못하고 시집 제
목이 된 대표 시 '한때 꽃이었으면 된다'를 비롯한 10~20
여 편을 선택하여 그 시에서 그려지고 있는 이미지를 상

상력으로 확장시켜 가며 감상을 할까 한다.

II. 시 감상

1. 삶은 자신과의 투쟁에서 스스로 위로하고 스스로 위로받는다

끝도 없이 밀려오는 거친 강물을 거슬러/ 바닥이 훤히 들여다보이는 실개천까지/ 수고로운 삶 눈물 끝에 절로 이는 설운 응시/ 죄다 접기로 했다./ 한때 꽃이었으면 된다.// 장삿길 빈 걸음으로 되돌아오는 새벽/ 목숨 끈 하나 잡고 토하듯/ 토방 끝에 짐을 부리던 소리만큼 굵게 억세어지던/ 한 때 꽃이었을 울 엄마// 뿌옇게 지워가는 신작로 흙먼지 사이로/ 손짓하듯 멀어져가는 여윈 전봇대/ 사춘기 시작도 전에 낯선 주소 하나 들고/ 객지로 떠난 순박한 가난/ 바람 없는 댓잎은 은유를 잃은 시인이듯/ 이름 없는 꽃은 있어도/ 사연 없는 꽃이 어디 있으랴/ 세월만큼 더해가는 그리운 절망/ 한때 꽃이었으면 된다.// 수줍게 총총대던 물 깃던 계집아이들/ 지금은 볼 수 없는 희미해진 망막 뒤로/ 너나 나나 아리랑 고개 흥겹게 넘던/ 접시꽃 너울너울 희게 핀 꽃잎처럼/ 한때 꽃이었으면 된다.//

<한때 꽃이었으면 된다> 전문

이 시는 '감정은 무엇인가?'라는 질문을 던져 답을 찾아
봄으로써 이 시가 그려주는 이미지와 전해주는 메시지
를 읽어낼 수 있다. 시제에서 이미 메시지를 밝히고 있지
만, 이 메시지를 도출해 내는 그림이 어떻게 그려지고 있
는가는 독자의 상상력에 맡기고 있다고 생각한다.

시는 감정을 서술하는 글, 감정을 쏟아내는 글이라는 견
해가 보편적인 생각이다. 시의 갈래에서 내용에 따라 서
사시와 서정시로 나누어 볼 때 감정의 서술이라 하면 바
로 서정시를 의미한다고 본다. 여기서 감정의 서술이란
정화되지 않은 것이 아니고 감동적 정서를 주관적으로
나타낸다는 의미라고 본다.

이렇게 볼 때 시에서 감정은 바로 정서를 말하는 것이고
시에서의 감정이라는 말과 정서라는 말은 동의어로 보아
도 상관없을 것이다. 이러한 논리로 볼 때 '한때 꽃이었
으면 된다'가 바로 감정과 정서를 일치시키는 표현을 이
루어 내고 있다.

이 시는 시인의 걸어온 삶을 돌이켜 보면서 지나온 삶의
고뇌가 그 당시에는 고통 같은 '희로애락' 중의 '로'와 '애'
였지만 지내놓고 보니 지금의 자신이 있게 한 아름다운
결과물 '꽃'이었다는 메시지를 담고 있을 뿐 아니라 지난

세월에 화려한 꽃이었던 때도 있었으니 지금은 비록 그 화려함보다는 못하지만, 그때의 화려함으로 지금을 위로하고 있다. 또한, 2연 2행 '목숨 끈 하나 잡고 토하듯'의 시구에서 '끈'이라는 언어가 마음을 사로잡는다. 끈에 대한 물리학 이론으로 접근해 볼 때 우주의 최소 단위를 진동하는 끈으로 보는 '끈 이론'의 메시지를 담아 그 끈을 '목숨 끈'으로 형상화한 시어는 '한때 꽃이었으면 된다'라는 정서를 집약해 놓은 백미의 시구다.

2. 아름다움의 실체에 대한 표현 시 감상

시는 존재하는 실체의 정서와 감동의 아름다움을 추구하는 데 있다. 따라서 시는 이성적 판단이 아닌 감성적 내면을 기준으로 그림을 그려주고 그 그림 안에 시인의 철학으로 메시지를 담아내야 한다. 그러기 위해서는 시인이 시를 쓸 때는 정서적 감동을 바탕으로 하여 모든 일상적인 구속으로부터 자유롭게 시를 쓸 때 진실로 아름다운 글이 될 수 있다. 이렇게 쓰여진 노성배 시인의 시를 감상해 본다.

땅을 보고 사는 사람들/ 곡식을 일구는 사람들/ 마당에 등을 대고/ 은하수 밭고랑 따라/ 밤에도 별꽃을 일군다.// 새벽으로 달리는 천마를 타고/ 별 밭을 일구어 간다./ 초저녁보다 더 파랗게 오르는 생명/ 기억하는 모든 것을 쏟아내어 밤새 쟁기질 돕고 희미해지는 낮달.//

<별 밭> 전문

감상

별에서 그려지는 이미지는 '꿈'이다. 꿈은 무엇인가? 실현시키고 싶은 희망이요, 소망이요, 이상이다. 농부가 땅을 일구고 곡식을 심어 수확을 얻어내듯 실현시키고 싶은 소망 또한 이와 같으니 그 소망을 별이라는 이미지를 가져와 '별 밭'이라고 했다. 이 별 밭을 일구는 시인의 시 창작 고뇌로 '밤새 쟁기질'로 또는 삶의 희망을 실현시키기 위해 온 밤을 지새울 때가 있었음을 그리고 있다. 그야말로 생의 아름다움을 추구하는 희망의 시다.

바다 같이 일렁이는 왕대밭/ 족제비길 대 숲길 따라/ 한가운데 초가집 하나/ 댓잎 바람을 탄/ 밤기운 소리 음산하고/ 묵직하게 울어대는 부엉이 소리/ 이불 덮어쓰고 귀를 막는다.// 시렁에 매단 소쿠리 보리밥/ 허기진 배에

찬물에 보리밥// 밥 대신 쪄 놓은 고구마/ 해진 것들 뒤
적여/ 눈물처럼 먹었던 배고프던 시절// 기름진 도시/ 기
름진 아랫배/ 별미 찾아 앉은 밥상/ 보리밥에 된장찌개
라.//

〈다시 보리밥〉 전문

감상

쌀밥이 귀하고 보릿고개를 겪었던 시절이었지만 보리밥
보다는 쌀밥을 좋아했고 쌀밥을 먹는다는 것은 하늘에
별 따기로 주식이 보리밥, 잡곡밥이었던 시절이다. 그 보
리밥 먹기가 헐벗은 시대이면서도 고역이었던 시절을 그
린 시로 1연은 시인이 자라던 집 환경, 2연은 쌀밥이 귀
하던 시절의 그림으로 보리밥이 주식이 된 형상, 3연은
그 시절 끼니의 선호도를 보면 쌀밥 → 고구마 → 보리
밥 순서였다는 것을 그려주고 있다. 그러나 모든 것이
풍족해진 오늘날은 오히려 보리밥이 건강식, 웰빙식이
되었다는 것을 4연에서 그리며 가난했을 때도 보리밥,
부유해졌을 때도 보리밥이나 그 보리밥 사연은 정 반대
의 형상으로 메시지를 담아 시대의 변천을 이야기하고
있다. 보리밥의 아이러니[1]라 할까?

---

1) 아이러니(irony) : 예상 밖의 결과가 빚은 모순이나 부조화로 이

여기까지 점을 찍어본다./ 하늘 아래 홀로 서 있다./ 발자국 하나에 글자 하나// 행복이니 아픔이니/ 뭐 지지고 살지 않은 사람 없을 텐데/ 유난히 선명해지는 기억// 그래도 감사할 일을/ 맨 앞자리에 두는 것을 보면/ 나는 행복만 끌어안는 지우개// 결국 대양 앞에 선 조약돌/ 거친 바위였을 나의 고집/ 그곳에 나 말고 굴러 온 영혼들/ 그대 고독하지 않다.// 같이 노래하고 싶다./ 같이 소리 내고 싶다./ 같이 문학하고 싶다.//

<시인의 말> 전문

감상

시인의 철학이 집약된 시라 할 수 있다. 이 시에는 사르트르의 실존 철학이 그대로 숨 쉬고 있다. 인간은 어떻게 태어났나? 신의 섭리로 태어났나? 생물학적 생리 작용에 의해 태어났나? 이 물음에 대한 답변은 영원한 미결 속에 우리가 태어남은 자신의 의지와는 무관하게 태어난 실존으로 그 어떤 본질보다 앞선다는 것이다. 이러한 미결 속 인간의 실존을 찾기 위해 인간은 항상 그 해

를 문학 이론으로 정의하면 겉으로 드러난 것과 실제 사실 사이의 괴리, 또는 그런 표현을 말한다.

답을 찾는 길에서 투쟁하고 시인의 말을 통하여 그 투쟁의 과정을 풀어내고 있다.

그 투쟁의 과정에서 선명해지는 행복과 아픔 중에서 행복만 끌어안는 지우개라 했다. 즉, 아픈 기억은 잊고 행복만을 기억한다는 그림의 이미지화로 '지우개'라는 상관물을 가져와 모든 말을 압축하고 있는 것은 그야말로 백미의 이미지화다. 또한, 자신의 존재를 '대양 앞에서 조약돌'로 표현해 우주 속 점과 같은 미미한 존재이나 자신만이 그러한 존재가 아닌 주변 모든 것이 그러하니 자신과의 투쟁에서 고독이 아님을 깨닫고 이러한 고독한 존재들과 "같이 노래하고 싶다. 같이 소리 내고 싶다. 같이 문학으로 예술을 꽃피우고 싶다."고 했다. 이것이 바로 자신의 정체성을 찾아낸 시인의 말이고 이 시의 메시지다.

언제부터인가/ 그리움마저 지워져 가는/ 창문 하나인 집에 산다.// 간섭이라는 말을 선반 위에 올려두고/ 가끔 힐끔 쳐다보지만/ 나로부터 대장인 집// 같이 있어도 혼자였고/ 혼자 있어도 혼자였던/ 지독한 혼자// 사랑 하나 접으면 될 일을// 이제 풀씨로 뿌려져/ 낮은 창가에 살다가/ 하늘거림으로 마중 나온/ 새벽으로 살고 싶다.//

〈나 혼자〉 전문

이 시는 앞서 감상한 '시인의 말'과도 메시지를 같이한 다. 한 줄로 만들어낸 4연 '사랑 하나 접으면 될 일을'에 서 '나 혼자'에 대한 사유(思惟)를 하는 답을 주면서 1연부 터 4연까지는 나 혼자에 대한 그림을, 5연에는 4연의 사 유와 함께 스스로 위로하고 결론지어 '이제는 풀씨로 뿌 려져 낮은 창가에 살다가 하늘거림으로 마중 나온 새벽 으로 살고 싶다.'고 하고 나 혼자 극복해 가는 의지를 담 고 있다. 이 시를 통하여 시인은 아마 자식들을 모두 독 립시켜 주고 배우자마저도 없는 물리적 혼자이면서도 정 신적 측면에서도 혼자임을 이야기하고 있다.

골목 끝 팽나무 집 담장 너머에/ 늦은 오후 빛줄기/ 앞세 워 오던 그 아이처럼/ 희미한 연두빛만 보여주는 너/ 얼 음장 밑으로 내내 묵힌 말/ 무엇인들 곱지 않겠나.// 알 수 없는 지난 꿈들/ 실로 꿰매어 엮어 두고/ 뜨거운 낮 볕이 길을 내어 주면/ 그때 미친 듯이 뿌려 댈/ 꽃잎으 로 올 일이다.// 어디로부터 와서 어디에 살다가/ 어디로 갈 것인지/ 묻지 않을 일이다.// 꽃잎 떨어지면 말도 없 이/ 바삐 떠날 인연이므로//

<봄 그놈> 전문

봄은 늘 새로움을 주고 소생이라는 메시지를 담고 있다. '봄 그놈'에서 직설적 그림으로는 봄이 바로 그놈이지만, 이는 은유적 표현으로 화자의 삶에서 희망을 주는 기쁨을 주는 모든 생명체로 심지어는 자식과 손자 손녀까지도 그리고 주변의 인연까지도 '봄 그놈'이라는 이미지로 하여 함축적이고 함의적으로 그림을 그렸다. 이러한 관계 속에서 인간의 실존 철학을 담아 '어디로부터 와서 어디로 갈 것인가?'를 사유하며 미완의 답으로 자신을 위로하고 있다.

만남과 헤어짐의 사유로.
내 손/ 어디에서 많이 본 듯한 손/ 어머니의 손// 거북손처럼/ 원래 그런 줄 알았던 그 험한 손// 철없이 그 쉬운 위로 한 번 하지 못했던/ 어머니의 손// 이제야 닮은 것을 알아차린 나의 손/ 때늦은 위로를 올립니다.//
〈손〉 전문

손, 구구한 설명이 필요 없는 그야말로 인생의 연륜을 이야기하는 시다. 세월 흘러 손을 통해서 자신을 돌이

켜 보고 그 손에서 어머니의 손을 떠올려 비로소 깨닫
는 메시지를 담았다. 손이라는 객관적 상관물을 동원해
서 함축적으로 그려놓는 손에 대한 이미지와 그 이미지
를 통하여 전하는 메시지를 어머니의 손으로 발상 전환
한 그림이 아주 좋다.

사람이 있습니다./ 원래 두고 싶은 자리에 물건을 놓아
두듯/ 그 자리는 그 사람이 있습니다.// 문득 사람이 있
다는 것을 잊어버릴 때가 있습니다./ 원래 있었던 자리
가 당연 익숙하여 그가/ 보이지 않을 때가 있습니다.//
때로는 사랑이라는 꿈과/ 동행이라는 위로를 갖게 해준
사람입니다.// 서 있는 일이 버거운 날/ 그의 어깨에 기
대어/ 큰 태양을 볼 때도 있었습니다.// 태워서 비워지는
촛불처럼/ 벼랑 끝에서 길을 묻는 절망// 그곳에 사람이
있지만/ 사람이 없습니다.// 빈집을 들락거립니다.//

〈빈집〉 전문

감상

독자의 상상을 무한으로 펼치게 하는 시다. 어떻게 상상
의 그림을 그려나가는가에 따라 그림을 달리하는 시라
할 수 있다. 6연 '그곳에 사람이 있지만, 사람이 없습니

다.'는 두 가지 그림을 상상하게 한다. 같이 생활하는 사람이 있지만, 그 사람과 소통이 안 되는 집이기에 빈집과 다름없다는 그림이고, 또 다른 그림은 화자 혼자만이 사는 집이기에 그 화자의 대화 상대가 없다는 의미의 '빈집' 그림이다. 이러한 복합적 그림을 놓고 볼 때 함께 했던 사람과 생활해 오던 공간이 물리적으로는 빈 공간이지만 심리적으로는 빈 공간이 아닌 현재도 같이 하는 공간이나 실제는 빈집이라는 그림을 그려 '그곳에 사람이 있지만 사람이 없습니다.'라고 메시지를 전달하고 있다. 빈집에 대한 이미지를 통해 인간의 원초적 고독을 그려내고 신뢰와 믿음, 소통의 메시지를 담아내고 있다.

봄꽃이 피어도/ 깐죽대는 겨울/ 속 보이는 악당.// 말을 시작한 손자/ 말싸움 상대 추가/ 불리한 전선 방바닥 뒹굴며/떼 전술로 승리를 거머쥐는/악당.//

〈악당〉 전문

감상

귀엽기만 하고 눈에 넣어도 아프지 않을 손자를 보고 꽃샘추위 같은 은유로 그림을 그리고 있다. 봄은 소생을, 희망을 주기에 꽃샘추위도 기꺼이 이겨내는 것처럼 손자를 돌보며 막무가내로 울고 있는 손자를 보면서 떼쓰는 그 자체의 귀여움 효과를 극대화 시키는 반어법을 써서 '악당'이라고 표현한 것이 좋다.

주름진 얼굴 검버섯이 밭을 이루고/ 이 빠진 입술 눌변할 테고/ 맨살 들여다보이는 민머리에/ 백발 몇 가닥// 초점이 흐려진 눈동자로/ 한 곳을 응시할 테고/ 귀마저 안 들려오면/ 큰 소리로 말을 해댈 것이다.// 근육 없는 팔다리에 지팡이를/ 짚을지도 몰라.// 뱃심 없어 굽은 허리로/ 가다 쉬다 하겠지.// 바쁜 자식들 오라 가라 하면서/ 용돈 주네 마네 할지도 모르고/ 자식 소용없다며/ 흉이나 보고 있을지 걱정이다.// 그것이 걱정이다.//

<걱정이다> 전문

감상

100세 시대에 사는 주변에서 흔히 볼 수 있는 노년의 삶을 그려내고 있다. 그 주변의 삶을 보면서 행여 시인 자신에게도 그런 모습이 될까 미리 겁먹는 형상화를 화자라는 대리인을 모셔와서 솔직한 심정을 고백하고 있다. 이것이 바로 노성배 시인의 진솔한 삶 그 자체인지도 모른다. 많은 생각을 갖게 하는 시다.

3. 비움과 채움의 미학 시 감상

보통 시를 쓰는 사람들의 경우 시를 쓸 때 자신의 삶을 지배하여 온 여러 가지 가치나 교육의 결과로 얻어진 판단 기준과 이 기준에 의한 도덕, 윤리적 가치의 속박 속에서 시를 쓰나 또 한편으로는 자유로움을 추구하는 시의 속성과 충돌하여 갈등을 지니다가 세월이라는 연륜에 의하여 삶의 철학을 터득하면서 속박에서 벗어나는 비움과 채움을 조절할 줄 아는 시를 쓰게 된다. 아마도 인생 연륜에서 오는 자연적 현상이 아닐까 나름 정의해 본다. 노성배 시인 역시 이러한 연륜의 결과로 창작한 비움의 미학을 담은 시 몇 편이 있어 이 시를 감상해 보고자 한다.

태어남도 축복이요./ 가는 날도 축복인 거야./ 사는 동안 풍파 덕에/ 두 배로 살아온 듯하니/ 이익을 본 셈이다.// 덜컹거린 세월 덕에/ 조금 더 잘 다듬어졌는지// 이제는 눈 깜빡일 때마다/ 싫고 미웠던 것들/ 체에 거르듯 다 빠지고 없으니// 허망이 아닌 새것으로/ 돌아가는 중이다.//

〈다시 새로〉 전문

우리는 흔히 비움의 미덕에 대한 성현 군자의 말씀을 익히 들어왔다. 비움이란 자신의 영혼을 맑게 하고 채워야 할 공간을 넓혀주는 것이다. 인생은 살아가면서 체험하는 경험으로 생을 배우고 삶을 배운다. 그 배움의 가치를 나이 들어 노년에 접어들면서 깨닫는 것이 또한 인생이다. 이 비워내는 것이야말로 새로운 또 다른 무엇을 채우기 위한 것임을 메시지로 담아 나아가는 중임을 이야기하고 있다. 새것으로 가는 중이 아닌 이미 새것이 되어 시집을 펴내고 있는 시인에게 박수를 보낸다.

벼락 맞아 떨어진 구름이라던가!/ 누구는 거북 바위/ 누구는 족두리 바위/ 누구는 빵 바위란다.// 발밑만 보고 걸어온 길/ 눈 아래 버물러진 허무// 누우면 반 평/ 서면 발만큼만 허락하는/ 죽은 자의 영토// 누군들 사연 하나 없으련만/ 사패산에 오르내리는 고달픈 육신들/ 끝도 없이 품어 안는/ 너럭바위//

<　너럭바위　> 전문

너럭바위에서 도를 찾고 있다. '누우면 반 평/ 서면 발만큼만 허락하는/ 죽은 자의 영토' 그 영토 안에 삶의 진솔한 철학이 있다는 걸 모든 것을 품어 안는 너럭바위를 통해 깨우치고 있다. 이 깨우침이 시인의 진솔한 이야기가 되고 있다. 그 진솔함에 아름다운 향기가 난다. 아마 시인도 이 깨우침을 받아 고달픈 주변을 끌어안고 있다는 상상을 확장해 본다.

깃털처럼 가볍고 싶다.// 지우고 지우고도/ 끝내 남겨진 날카로운 통증// 막아서는 냇물 가로질러/ 누름돌로 징검다리를 놓아/ 천 년이고 만년이고 씻겨지라고// 징검다리 나란히 놓고 훌훌 가볍니다.//

〈누름돌〉 전문

누구나 살아가면서 가슴을 억누르는 답답함이 있고 아픔이 있다. 그 답답한 사연을 누구에게 표현 못 하고 자신만이 아는 형체로 가슴을 억누르며 한숨도 지어가며 보낸다. 이러한 답답함을 누름돌로 이미지화 하고 이것을 풀어내고 해소하는 것을 징검다리로 형상화하여 천 년이고 만 년이고 냇물에 씻겨지기를 염원하며 마음을 비우고 홀홀 여생을 보내겠다는 시인의 의지를 담고 있다. 이 시에서 가슴 답답함의 크기를 나타내는 시구가 바로 '천 년이고 만 년이고 냇물에 씻겨지라고'이다. 얼마나 한이 컸으면 천 년, 만 년까지 씻겨야 했을까 하는 상상력 확장이 그 크기를 가늠하게 한다.

엄마가/ 우리 집에 오신 날/ "딸네 집이 제일 편하고 좋다" 하셨다.// 큰 오빠가 모시러 오던 날/ "뭐니 뭐니 해도 아들 집이 최고지!"/ 하셨다.// 내가 귓속말로/ "우리 집이 최고라고 했잖아요?"// 엄마는 귓속말로/ "딸 집이 최고지!" 하신다.//

〈엄마의 마음〉 전문

감상

열 손가락 깨물어 안 아픈 손가락 있던가? 자식들 편하게 자식들 마음 상하지 않게 해주고 싶은 모성애를 실감나게 잘 그렸다. 자식들 서운치 않게, 자식들 기운 내도록 들려주는 말 한 마디, 이것이 진정한 부모의 자식 사랑이 아닐까? 자식들이 돌아가면서 부모를 모시는 세태 비슷한 상상에서 그 무엇의 연민을 느껴본다.

어쩌면 그렇게/ 바쁜 걸음 재촉하며/ 붉게 오는지// 오
는 가을이야/ 차가워진 곡천을 지나/ 코스모스 길로 오
지만// 황톳길 뿌연/ 신작로 길을 지나/ 소리 없이 먼저
온/ 난쟁이 단풍// 붉은 가을 어이없어/ 크게 하늘로 웃
지// 어머니 갈걷이/ 허연 머리 위로 쌓이던 가을/ 이제
내게도/ 붉게 물들여 오거라.//

〈가을 오는 길〉 전문

감상

무더운 여름이 채 가시기도 전에 성큼 다가온 가을이라
는 계절에 인생도 이와 같다는 메시지를 담고 있는 시
다. 이미지화시키는 시어들이 아름답기만 하다. '어머니
갈걷이 허연 머리 위로 쌓이던 가을' 그 가을을 자신도 어
머니 갈걷이처럼 '이제 내게도 붉게 물들여 오거라.'라고
하고 있다. 붉게 물든다는 것, 그 붉음의 상상력 확장에
서 젊음을 갈구하는 정열의 이미지를 담았다.

그리워서 못 산다고/ 못 산다고 하던 때가/ 언제였던가
요.// 꽃 예쁘던 시절/ 함께 있어도 그립던 사람/ 지금
은 수명이 다 된/ 전등처럼/ 깜박거립니다.// 행여나 달
라질까/ 한 번 더 한 번만 더/ 넘고 넘던 고갯길/ 너도
눈물겹고 나도 슬퍼라// 일어나고 눕는 일이 고달퍼/ 그

냥 누워 잠들기를 꿈꾸던 천장/ 누구에게는 최고였을 당
신/ 누구에게는 최고였을 나//

〈식어 간다는 것〉 전문

감상

이 또한 지나가리라는 솔로몬의 지혜를 생각게 하는 시
다. 다 지내놓고 보면 부질없었던 것을, 그 부질없었던
것에 매달려 멍하니 바라보던 천장이 바로 자신을 달래
주던 당신이었던 것처럼 시인 또한 그 누구에게는 최고
였을 거라는 추억을 더듬으면서 비움과 채움의 미학을
그려내고 있다.

4. 시에서 사용되는 시적 표현의 시 감상

시는 압축의 형식이라 한다. 이 압축의 형식에서 사용되
는 표현의 방법을 보면 시의 내용을 감추면서 드러내는
시의 형식과 드러내면서 감추는 시의 형식이 있는바, 전
자는 종래의 방법으로 은밀함이 큰 미덕이었던 시대의
시의 형식이고 후자는 오늘날의 표현 기법의 형식이라
할 수 있다. 노성배 시인의 시 전반에 걸쳐 보면 대체로

짧은 시의 구조를 하고 있으나 몇몇 시는 이와는 대조되게 장문의 시로 구성되어 있다.

이 시들을 살펴보면 감추면서도 드러내는, 드러내면서도 감추는 그런 표현 기법이 아니고 감추지 않고 드러내는 그러면서도 감추고 드러내지 않은 노성배 시인 특유의 형식으로 써져 있다. 이러한 시로 '제삿날', '어린 날의 겨울', '밤꽃' 등이 있다. 이들의 시 모두를 감상하기에는 지면이 모자라 다 기술할 수 없어 '제삿날'을 대표로 선정해 감상해 본다.

내 고향 남도 땅 왕곡 신포리 박포/ 반사적으로 외웠던 주소// 금토 박토 씨 뿌려 거두며/ 매 고만고만 살면서/ 가난만큼 또렷해지는 신포리 박포// 비단 장사 울 엄마가 비단 팔아/ 무거운 짐 받아 내리던 토방/ 어머니 늘상 버선발로 맞아준 마당// 바람 밭 대나무가 하늘을 쓸고 있을 때/ 느닷없이 구렁이 담장을 지나고// 부엉이 우는 소리에도 무서웠던 고향/ 양철쟁이 아버지의 콧노래도 그리워라// 아파트 18층 고향 쪽으로 놓여진/ 부모 형제 살았던/ 고향 모습 그대로를 제사상에 올립니다.//

〈제삿날〉 전문

이 시는 고향을 떠난 타향이 고향이 되어 지금의 거주지에서 지내는 제삿날을 소재로 하면서도 그려주는 그림들은 먼 옛날의 고향 풍경과 아버지 어머니의 제삿날을 그리고 있다. '어머니 늘상 버선발로 맞아준 마당' '양철쟁이 아버지의 콧노래도 그리워라'의 시구에서 양부모의 제사를 합제로 지내는 그림의 이미지라 할 수 있고 '바람 밭 대나무가 하늘을 쓸고 있을 때/ 느닷없이 구렁이 담장을 지나고' 시구에서 제삿날의 계절이 가을에서 겨울로 넘어가는 계절일 것 같은 상상을 확장시켜 준다. 이렇듯 드러낸 듯 하면서 감추지도 않은 듯 하지만, 또 한 시상을 확장하는 시어들로 쓰여짐에 따라 감춘 듯 드러내지 않은 듯 쓰여진 시의 형식을 취하고 있다.

Ⅲ. 나가는 말

시에서 사물을 바라보는 노성배 시인의 눈은 그야말로 인위적으로 다듬어 내는 시가 아닌 있는 그대로 사실 묘사적으로 쓴 시다. 그런데도 그냥 풍경화만 그려내는 시가 아닌 그려내는 그림 속에 시인의 삶과 연계된 철학이 들어 있는 메시지가 있는 시이기에 시문의 구조가 짧으면서도 함축하는 의미의 시적 에스프리(esprit)[2]가 신선하다. 이렇듯 신선한 에스프리의 시로 번득이는 많은 작품을 선정해 감상해 볼까 했는데 지면의 한계로 제목만을 열거해 본다.

〈서산에 산다〉〈거울 앞에서〉〈고향 동무들〉〈내일이 궁금해서 오늘을 산다〉〈내 안에 울 엄마〉〈새치 하나〉 등 다 열거할 수 없이 훌륭한 시들이 많다.

일상의 주변에서 주운 소재로 작품으로 빚어내는 열정이 때 묻지 않은 순수 그 자체이기에 아낌없는 박수를 보낸다.

병사가 전쟁터에 나가서 이기려면 신무기가 필요하듯이 경쟁의 세상에 내놓는 시집도 신무기 하나쯤은 있어야 한다고 생각한다.

그러기 위해서는 그냥 풍경화로만 읊는 자인(sein)[3]의 시가 아닌 철학이 숨 쉬는 당위의 졸렌(sollen)[4]의 시를 창작해 내는 데 게을리하지 않아야 할 것이다. 이러한 열정을 보이는 노성배 시인에 대해 2집, 3집에서도 기대를 건다.

---

2) 에스프리(esprit) : 프랑스어로 정신의 뜻이다. 또, 기지, 재치의 뜻으로 쓰인다.

3) 자인(sein) : 독일어로 존재의 뜻이나 읊는 시

4) 졸렌(sollen) : 당위의 뜻으로 만드는 시

끝으로 우정 어린 당부 하나를 한다면 시인은 항상 '아름다움'과 '진실'이 두 가지를 바탕으로 세상의 온갖 사악함과 허위와 싸우는 길을 걷기를 바라는 바이다.

2017년 5월 봄날에
빛 여울 우거지에서

小翠 이근모 識